新雅兒童成長故事集

單車王子

怎麼啦？

孫慧玲　著

新雅文化事業有限公司

www.sunya.com.hk

新雅兒童成長故事集

單車王子怎麼啦？

作　　者：孫慧玲
插　　圖：沈立雄
策　　劃：甄艷慈
責任編輯：甄艷慈、曹文姬
美術設計：李成宇
出　　版：新雅文化事業有限公司
　　　　　香港英皇道 499 號北角工業大廈 18 樓
　　　　　電話：(852) 2138 7998
　　　　　傳真：(852) 2597 4003
　　　　　網址：http://www.sunya.com.hk
　　　　　電郵：marketing@sunya.com.hk
發　　行：香港聯合書刊物流有限公司
　　　　　香港新界大埔汀麗路 36 號中華商務印刷大廈 3 字樓
　　　　　電話：(852) 2150 2100
　　　　　傳真：(852) 2407 3062
　　　　　電郵：info@suplogistics.com.hk
印　　刷：中華商務彩色印刷有限公司
　　　　　香港新界大埔汀麗路 36 號
版　　次：二〇一五年三月初版
　　　　　10 9 8 7 6 5 4 3 2 / 2016

ISBN: 978-962-08-6272-4
© 2015 Sun Ya Publications (HK) Ltd.
18/F, North Point Industrial Building, 499 King's Road, Hong Kong
Published and printed in Hong Kong.

目錄

成長路上

阿濃

　　各位小朋友，你們這個人生階段，最重要的事情是什麼，你們知道嗎？

　　答案是：成長。

　　你們大概沒有看過養蠶，蠶兒在結繭之前有四次休眠，在這四次休眠之間，牠們只是不停的吃。一大筐桑葉倒下去，牠們就努力的吃吃吃，幾千條蠶兒同時吃桑葉，發出的聲音好像下大雨一般。牠們這般努力的吃，就是為了完成一個成長過程。牠們的努力使我感動，但牠們不知道牠們未來的命運卻又使我感到悲哀。

　　我參觀過雞場和鴿場，成千上萬的食用家禽困居在一個個狹小的空間裏，憑自動供應的飼料和水按日成長，到了規定的日子，被推出市場或屠宰場。

短促的無意義的生命使我為這種安排感到遺憾。更不幸的是有一種飼養方法叫填鴨，要把過量的飼料塞進牠們的喉管，人工地製造一種被吃的鮮美肉質。

電視上看過一種養鴨方法，看上去比較人道。養鴨人手持一根長竿，把一羣幼鴨從家鄉帶上路，經過一些河流和池塘，鴨子自己覓食，一天天成長。最後到了預定的目的地，牠們已經適合送進肉食市場。趕鴨人連飼料也省下，鴨的旅程比較快樂，只是結局同樣無奈。

人的成長過程完全是另一回事，成長的目標之一，是能發展為一獨立個體，能夠控制自己的生命，度過有意義的一生。這有意義的一生包括相愛、歡樂、創造和奉獻。無比的豐盛，美麗又富足。

人的成長可分為身體成長和心靈成長兩部分，兩部分同樣重要。家長、老師、政府都應該關心下一代的健康成長，供應他們最健康的食物，提供鍛

煉身體的適當設備，讓他們接受從低到高的完整教育。這是基本，不應忽略但長被忽略的卻是心靈的健康成長。我們看到有人搶購認為值得信賴的奶粉，卻沒有人搶購精神食糧的書籍。

古人已注意到心靈成長的重要，孟子的母親搬了三次家，就是想找到一處良好的環境，有利於孩子的心靈健康成長。

影響心靈成長的因素很多，首先是家庭，父母的教導和本身的行為都深深影響孩子。跟着是學校，學校的風氣，老師的薰陶，同學的表現，對兒童及青少年心靈的成長有決定性的作用。隨後是社會，政府的管治理念，公民質素，文化水平，影響着每家每戶每個個體的靈魂風貌，整體格調。

其實有一樣能兼任父母、老師、政府的教化工作，影響人類心靈至深至巨，曾經很難得，現在很普遍的物件，它就是書籍。從前有少數人出身於世

代都是讀書人的家庭，稱之為「書香世代」。如今教育普遍，圖書館林立，網上資訊豐富，要接觸書籍絕無難度。只是少年朋友的選擇能力還未足夠，他們需要有經驗的出版家和作家為他們製作有助心靈成長的書籍。

香港最專業的少年兒童出版社，新雅文化事業有限公司，擔負起這個重要的任務，有計劃的製作一個成長系列。邀請城中高質素的兒童文學作家，為他們寫書。做到故事生活化，讀來親切；觀念時代化，絕不落伍；情節動人，文字有趣。編輯部又加工打造，讓故事兼備思想啟發和語文學習功能。孩子們將會獲得一套伴隨心靈成長的好書了。

阿濃
原名朱溥生，教師，作家。曾任香港兒童文藝協會會長。五度被選為中學生最喜愛作家。曾獲香港兒童文學雙年獎，冰心兒童文學獎。香港教育學院第一屆榮譽院士。

小鴿子到我家

魔爪餘生

今天起牀，拉開窗簾，眼球被眼前的景象深深吸引着。

窗外，一隻游隼正展開長長的翅膀，遊弋飛行，一雙如鷹的眼睛，虎視眈眈的，像在搜尋獵物，是哪一隻小鳥這麼不幸，成為這「極速戰士」、「空中霸王」追殺的對象？

那隻游隼，時而展翅左右盤旋，時而拍翼調整高度，升上降下，明顯

的已有搜索目標。

　　咦?! 窗外小
陽台上那盆萬年青
的大葉子下,好像有些東西
在顫動!

　　天啊! 萬年青的花盆旁,躲着一隻灰
色的、全身染紅的鴿子!

　　牠受了重傷,驚惶瑟縮,全身發抖,
正在為生命而掙扎!

　　　　我被這受傷痛苦
的小傢伙嚇呆了,大
聲呼叫起來:

　　　　「爸爸,媽媽,

9

快來看啊！」

這一呼叫，當然也招來我那好動好奇頑皮多事多嘴的弟弟小雄。

我們居住的屋邨鄰近公園，那裏樹木茂密，樹上居住了許多雀鳥和松鼠。每天一大清早，雀鳥吱吱喳喳的喧鬧叫聲，總會把我們從睡夢中吵醒。我們一家人也不介意，居所附近有鳥巢，證明空氣清新，環境優美。正因為雀鳥的鳴唱，屋裏人都習慣早睡早起，如果是假期，我們醒來後，都愛俯伏窗前，看鳥兒們或振翅飛翔，或展翅遊弋。

我家窗外有個小陽台，供住客種花，我們種上了兩盆萬年青，因為容易打理，葉子又大又密，能增添窗外綠意，也會意外地吸引小鳥停駐。去年，甚至引來一對雌雄白鴿子，在萬年青盆子上，大葉子掩映保護下，築了一個巢，下了兩個蛋！可惜，當雛鴿羽毛豐滿後，鴿子一家便飛走了。自此之後，我和弟弟都對雀鳥深感興趣，喜歡觀鳥，爸爸於是買來《觀鳥圖鑑》一書，教我們認識各種雀鳥，認識牠們的樣子、名字和特性。

所以我們認識那隻有一雙如鷹的眼睛，展開長翅膀，在空中遊弋飛行，虎

視眈眈，搜尋獵物的傢伙，牠呀，就叫「游隼」，是飛行速度冠絕全球的「空中霸王」，俯衝捕捉獵物時，時速可達 180 公里！而且當牠盯上了獵物，便會窮追不捨，牠最愛捕食鴿子，白色灰色啡色黑色不論，也愛吃烏鴉、白鷺等，獵物一旦被盯上，平靜的天空便會發生襲擊、追殺、搏戰，激烈而殘酷。

看！牠正向我家窗前撲過來了！

看着牠快要撞上窗戶時，牠卻來一個側翼迴旋，轉了一個急彎，飛走了！

好一個「空中霸王」！

「很少獵物是可以從『空中霸王』的
魔爪中逃脫的。」爸爸説。

救還是不救？

受傷的小鴿子躺在萬年青盆子旁，顯
然是剛從鬼門關中逃脫出來，牠灰色的身
上染滿鮮血，羽毛脱了好幾條，傷口清晰
可見，可以想像牠剛才是怎樣被殘酷地
追擊，又是怎樣奮力地要逃出魔爪的！

「好可憐啊！牠全身在顫抖呢！」
我説。

「牠受傷這麼重，不救牠，牠一定
沒命的。」媽媽搖頭説。

「媽媽，帶牠去看獸醫吧。Please！Please！」弟弟哀求說，小傢伙一向愛心「爆棚」。

「看獸醫？要許多錢的。鴿子傷勢這麼嚴重，也未必有救。」媽媽猶疑着。

是的，寵物看獸醫的費用真的比我們看普通醫生要高，養我家小狗東東，爸媽已經要付出許多錢，我們又不是有錢人家，媽媽的顧慮也不是多餘的。

「牠的傷，恐怕我們也處理不來。」動物知識豐富的爸爸說。

「媽媽，我願意拿出我的利是

儲蓄。」我哀求道。

「我也是。」弟弟附和道。有時，頑皮小子也真可愛，我拖着弟弟的手，一起懇切地哀求媽媽。

我家小狗東東也發出低聲「汪汪」，牠當然不會見死不救。

這時，獵手游隼似乎發現了獵物，正轉身展翅向我們這邊滑翔而來！

「哇，牠來了！」弟弟嚇得跳起來，躲在爸爸背後。

「不用怕，游隼雖兇，但始終是怕人的。」爸爸說，「無論游隼是否已經發現了小鴿子，牠受傷這麼重，我們任

15

由牠這樣躺在外面，也是死路一條。」

「不！一定要救牠！」我和弟弟異口同聲道。

終於，我們達成協議，由我和弟弟用平日的儲蓄，負擔看獸醫的費用，同時還要負起日後照顧牠的責任。

向愛護動物協會領養小狗東東時，我和弟弟就知道，飼養動物是一生一世的責任。

在獸醫診所，醫生叔叔一邊替鴿子檢查，一邊搖頭說：

「這是一隻成熟的雄鴿，牠羽毛被扯脫，傷口被撕開，一隻腳骨折

斷，連張開眼睛也無力了，是最嚴重的超頂級傷勢。奇怪的是，即使是賽鴿，飛行速度也遠遠不及游隼，牠竟然可以從魔爪下逃脫，真是奇跡。」獸醫叔叔嘖嘖稱奇，然後繼續搖頭道，「被游隼追擊，唯一逃生機會是低飛穿梭於建築物之間，但這又會造成撞 致死的慘劇，牠沒有全身骨折，也是大幸。」

「醫生，求求你救救小鴿子吧！」我哀求道，差點要哭起來，身邊的弟弟已經放聲哇哇大哭，哭聲震天了。

「唉，盡人事吧。」

「牠可能有牠的家人呢。」我真擔

心牠的子女沒有了爸爸！想到這裏，我緊緊摟着爸爸，淚水已經奪眶而出了。

「小玲、小雄，你們不要太擔心了，我一定盡力救牠的，你們先出去等候着，好嗎？」我們常帶小狗東東來動物診所看病，獸醫叔叔已經是我們的朋友了，我們相信他。」

過了許久、許久，爸爸終於捧着躺着小鴿子的盒子出來了。

「牠死了嗎？」弟弟哭着說。

「傻孩子，獸醫叔叔已經為牠清潔和包紮好傷口，打了消炎針，斷腿也夾上小木板，讓牠自瘉。以後，

你們要做的，就是定時餵食和更換清潔的紗布。」

「獸醫叔叔萬歲！爸爸萬歲！」我和弟弟高興得跳起來大叫道，全診所的人都拍掌支持。噢！怪不得說飼養動物的人多數有愛心。

牠叫什麼名字？

每天，我們都撫摸着小鴿子的小頭跟牠說幾次：「你要勇敢

些，快快好起來。」我們相信，這些打氣的話，對牠的康復一定有用。

我們要為小鴿子取個名字，牠的羽毛是灰色的，就叫「小灰」吧。

小灰來了，最高興的是小狗東東，牠每天都要多次探望小灰，舔牠，陪牠，汪汪地說話，鼓勵牠振作。

我們每天放學回家，第一時間便去看小灰，給牠餵水餵食；晚上，一家人吃過飯後，便一起為牠洗傷口換紗布。小灰來了，使我們一家有了更多共同的話題，有機會每天一起興奮地、充滿期待地做一

件事，當然，我們也不會忘記好朋友小狗東東。

終於有一天，小灰張開眼睛了，傷口也在慢慢瘉合，腳傷也漸漸痊瘉了，牠已經可以站起來了，看，牠正在盒子裏踱來踱去，還吱吱地叫呢。

小灰不見了

有一天，我和弟弟放學回家，忽然發覺盒子裏空空如也！

弟弟驚叫道：「小灰不見了！」

我和弟弟惶急地四處找尋，當我們正在打電話給爸媽時，忽然看見東東在

窗簾前狂抓，好像有所發現似的，我立即放下電話，跑去掀開窗簾一看，「哎！這小東西，正躲在窗簾後面！」，看來，小灰不怕狗，正和東東玩捉迷藏呢！

「唉，小灰，你把我們嚇壞了！」我上前把小灰掬在手臂裏，牠也不掙扎，還把頭兒貼在我的手臂上。牠的服貼，對我們的信任，使我們更喜歡牠了。

兩天後，小灰更開始在家中跳來跳去了，看來，牠斷折的腿骨也已經完全瘉合了。

牠和東東玩得更瘋狂了，有時更站在東東的背上，由小黑炭東東背着

「武士」小灰巡遊全屋。

　　小灰甚至會站在東東的頭上，撐開雙翼，表演平衡術，使東東看起來像戴了一頂灰色的動物造型帽子，惹得我們笑彎了腰。

　　我們要上學，爸媽上班，傭人姐姐

要做家務，家中沒人陪東東玩，東東有時也感到百無聊賴，怪寂寞的，現在來了活潑又好玩的小灰，東東當然開心囉，所以牠對小灰，簡直視為知心朋友，一黑一灰，終日形影不離了。

小灰還是東東的救命恩人呢。

有一次，小灰跑着追逐東東，死命地要啄東東的腳，東東痛得「汪汪」直叫，大塊頭只知在屋子裏竄逃，也不懂得還擊，我們後來一看，東東的腳皮破了，鮮血涔涔而下，染得腳趾變紅，到獸醫叔叔處檢查，才發覺牠腳趾上生了皮膚

病，是小灰讓我們發現了東東有病，看來，小灰可以當上動物醫生了。

小灰又不見了

這一天放學，我們又發現小灰不見了蹤影！

小灰的盒子裏又空空如也，東東也無精打采地獨自趴在沙發上。

「哎，小灰不見了！」這次輪到我驚叫起來。

沙發後面的窗戶打開了，難道小灰飛走了？如果不是，以東東靈敏的狗鼻，應該嗅到牠的氣味，找到牠的啊。

我和弟弟心急得立即打電話給爸爸媽媽，爸爸在電話裏說道：「我們全屋都有小灰的氣味，東東是不容易嗅到牠真正躲在哪裏的。」

即是說，小灰真的飛走了？

弟弟立即哇哇的哭起來，今天早上，我們離家上學之前，小灰還站在弟弟的肩上，送我們出門口！我們怎捨得牠離開呢？！

「吱吱吱吱」，忽然，幾聲鳥鳴聲，從窗簾上面傳來！

Yeah！是小灰！牠坐在窗簾上的假天花縫中！

是和東東捉迷藏嗎？　躲這麼高，怪不得東東看不到牠，要知道，狗狗是大近視，靠嗅覺搜索，但牠躲在東東頭頂正上端假天花縫中，沒有風吹送氣味，狗狗當然嗅不到的哩。

　　吁，虛驚一場！

　　這時，東東也循聲聽到小灰的所在，興奮地跳起來，撲上窗簾前，狂搖尾巴，大聲叫吠，小灰也在上面吱吱和唱，混雜的「汪汪……吱吱……」叫聲，惹得我和弟弟破涕為笑。看來，小灰的羽翼也完全好了，可以飛了。

　　我們和小灰感情深厚，跟對東東一

樣，視牠為家中一分子，當然高興牠完全
康復。

小灰第三次不見了

今天是學校假期，我們準備和小灰
及東東東玩一會兒，然後再和爸媽外出，
跟爺爺嫲嫲、公公婆婆一起飲茶。

可是，全屋遍尋小灰，又不見了
牠的影子！

「哎，小灰又不見了！是飛走
了嗎？」每次看不到小灰，我們
首先就是擔心牠飛走了。

「噢，今天窗户為什麼大開

呢？」媽媽覺得奇怪，問外傭姐姐阿素。

她說：「是呀，太太，今天早上我抹窗，忘記把窗關上，我這就去關窗。」

窗戶關上了，我們全屋上上下下，裏裏外外，都仔細搜遍了，還是看不到小灰的蹤影。

「是呀，小灰傷勢已經痊癒了，飛行能力也完全恢復了，牠當然要去找牠的家人了。」看見我和弟弟急得想哭，爸爸解釋說。

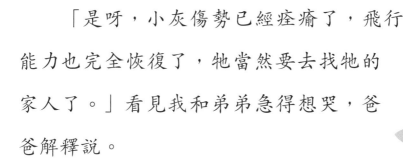

「或者，牠也是孩子的爸爸，牠要去找回自己的孩子和妻子，我們要祝福牠才是；或者，待牠找到家人，牠會回

來探望我們呢。」
媽媽安慰我和弟
弟説。

「看，小
灰呀！」弟弟
指着窗外説。

小陽台萬年青花盆邊，小灰正神氣地
望着屋內；接着，向我們點點頭；然後，
好傢伙，拍拍翅膀，飛走了。

「小灰，我捨不得你啊！」弟弟哭叫
着説。

「小灰，去找你的家人吧！」我流着
淚説。

我永遠不會忘記小灰，牠教曉了我們，人類和大自然的共融。

　　當然，我們也不會責怪忘記關窗放走小灰的外傭姐姐阿素，小灰要走，是遲早的事，難道我家要永遠把窗戶關上嗎？

　　我們家，還有爸爸媽媽，小黑狗東東。

　　還有祖父祖母，外祖父外祖母。

　　噢，當然，我們不會忘記外傭阿素姐姐。

當公主遇上跛腳男孩

大膽的要求

「少女三人組」，我孫小玲，嬌俏甜美、性格溫文嫻靜的小甜甜溫恬妮，加上中文名字姓都名美麗的 Emily 愛美麗，今天將有一個有史以來的、破天荒的大膽的大行動！那就是──

「不乘校車，自己走路回家！」

因為我們九歲了，開始渴望自由，想表現獨立，於是藉着學校要做一份「探索學校本區」功課的機會，

決定各自向爸媽申請放學後不坐校車，三人一起自行走路回家，從學校開始，一邊走路，一邊探索學校本區特點。我們決定分別試探爸媽的反應。

「媽媽，你小時候是很勇敢的嗎？」

「當然，我在六歲讀一年級時已經自己上學了！」媽媽說時，有點自鳴得意。

「為什麼公公婆婆會讓你獨自外出呢？」我繼續追問。

「人貴獨立，他們不希望我長大後事事依賴嘛！你也九歲了，要獨立自理哩！」媽媽說。

「是呀，我九歲

了，可以自己上學放學哩！」我乘勝追擊。

「喔……」媽媽中了計，沒話可說。

小甜甜也想了好辦法哄媽媽，她摟着媽媽嬌聲問道：「媽媽，九歲，算是大孩子還是小孩子呢？」

「當然是大孩子！要獨立自理哩！還老愛摟摟抱抱，傻孩子……」媽媽覺得小甜甜不夠堅強，不假思索地說。

「好呀，媽媽，我申請明天放學不乘校車，自己走路回家。」

「喔……」小甜甜媽媽中了計，沒話可說。

愛美麗呢？晚飯後，她和爸

爸媽媽一起看電視新聞，看到警察捉賊的報道，媽媽說：「警察真偉大，遇事不驚。」

「爸媽，你們也可以遇事不驚嗎？」

「當然……」愛美麗的爸媽異口同聲說。

「那好，爸爸媽媽，你們鎮定點，我……我申請明天放學不乘校車，自己走路回家。」

「喔……」愛美麗的爸爸媽媽中了計，睜大眼睛，驚訝得沒話可說。

哈，略施小計，我們的爸媽們只好……只好答應我們的要求！ 想不到事情就這麼容易，真的想不到。

「是真的嗎？」我們有點不敢相信！平日，他們不是老說什麼「小孩子獨自上街危險嗎」？

我們實在太開心了！太興奮了！

我們才九歲哩！

六歲讀小一的小胖子臭屁蟲跟尾狗弟弟不知趣，竟然吵着要求爸媽讓他跟着我！

這是我第一次自己放學上街，是期待已久的、刺激好玩的探險，怎可以被他搞砸呀！你說，帶着他，要管他乖不乖，又要看顧他的安全，是不是很麻煩呢？！

真是麻煩鬼小胖子臭屁蟲跟尾狗！

我有一百個理由不要他跟着我！

吁！幸好爸媽深明大義，不批准這個小胖子臭屁蟲弟弟做跟尾狗！

爸媽還給了我手提電話，說是以備不時之需。

出了校門多驚險

放學了，出了校門，走上那條兩旁泊着一輛又一輛汽車的柏油路，路上兩邊樹影婆娑，一些樹上開着一朵朵的小紅花，和綠葉相襯，十分漂亮；一些則粗壯圓腰，枝幹上垂着長長根鬚，隨

風拂揚，一派悠閒，像慈祥的老公公。平日坐校車，其實也經過這條路，上車下車更踏着它的行人道，怎麼就沒有發覺有這樣漂亮的路？這樣美麗的樹和花？

「這些樹叫什麼名字？」我問我的好朋友們。

「不知道。」小甜甜和愛美麗聳聳肩，同聲說。

再向前走，轉角對面是一座教堂，古老的啡石宏偉建築，頂上十字架高聳入雲，更顯得教堂古雅莊嚴。我們三個小女孩，警覺地站在馬路邊。馬路依山而建，十分陡斜，上方來的

車風馳電掣，俯衝而下；下方衝上來的車也踩足油門，咆哮而上，附近又沒有斑馬線紅綠燈，我們害怕了，手拉着手，手心裏還在冒汗。

怎樣才能安全地過馬路呢？

我們從來沒嘗試過自己過馬路的！

這時，一輛校車駛至路口，是我們熟悉的司機叔叔，他分明是看到我們的慌張，故意把車緩緩駛出路口，橫在馬路上，並對我們做了一個 OK 手勢；平日兇惡嚴屬的校車嬸嬸也出奇地仁慈，笑瞇瞇地招手叫我們放心過馬路。我們在校車的擋護下，小心翼翼地走過了馬路。

吁，才出校門，還未過一條街，考驗便來了，成長實是在很刺激好玩！

站在高闊的教堂大門前，我們更顯得渺小了，教堂前面的聖母像莊嚴而慈

祥，對着我們微笑，像在問我們：

「你們準備好面對成長的挑戰了嗎？」

當然！⋯⋯我心裏想。

聖母教堂大門鎖着，我們不能入內參觀，只好在門前，用手機拍了一些照片，好作考察報告之用。

告別聖母堂，拐角向下走，對面是偌大的賽馬場，路邊林蔭遮道，配着後面的青葱草地，十分養眼。這一邊是民居，班主任陳老師曾經告訴我們，說要先左拐到電車路，再向右過了馬路，見到的第一座大廈，就是傳說中的粵劇名伶任劍輝白雪仙的居所。我知道任劍輝白雪仙這兩個名

字，因為外婆常常提起她倆，而且每次說起她們演的粵劇，便兩眼發光，更鼓勵我去學習粵劇藝術。老天，我的功課已經把我累垮了，還說學唱大戲！嘻，我認識一個同學叫白雪便夠了，不用再去認識那位白雪仙了。

春天，天氣和暖，春日明媚，看青草綠樹繁花，還有售賣傢俬皮鞋名酒的店舖，伴着「嘩嘩」的電車聲，已經夠吸引了⋯⋯

遇見冷血公主

忽然，迎面來了一張熟悉的臉孔——瓜子臉，臉上綴上大眼

晴高鼻子小嘴巴，眼大鼻高嘴小的美人兒。她穿着長度過膝的裙子──多層多褶粉紅色，白色領子上綑上花邊，腰上打一個粉紫色緞帶蝴蝶結，烏黑亮麗的秀髮長及腰際，戴上彩色但不庸俗的蝴蝶頭飾。噢！是多少小女孩夢寐以求的公主服飾呢！她是我們的公主同學白雪！

這麼巧，我們才說起白雪仙，便碰見白雪！

她初來我們班上課的情景和在洗手間發出的屬鬼叫聲，立即浮現我們腦海中⋯⋯後來，她很快便退學了⋯⋯其中原因，沒有人知道。*

*有關白雪的故事，見《口水王子的魔法咒語》。

她好像沒有看見我們，雙眼盯着在她前面走路一拐一拐的男孩。

男孩是一個跛子，天生左腳變形內屈，不能穿鞋子，只可穿襪子，支撐着走路，每走一步，他的上身便會先向後傾，再向右搖一下，嘴角也會配合牽動一下。白雪雙眼死盯着跛腳男孩，當對方向後傾搖和嘴角牽動時，她便忍不住露出笑容，讓甜甜的小酒窩和雪白如貝的牙齒，在春日陽光下閃耀！

突然，我們看見她脫了鞋，模仿男孩屈着左腳，一拐一搖地走路，還一步一牽嘴，她學得真神似。

她身旁看似是保姆的嬸嬸說：「小姐，你真有演戲天分，學得似模似樣，太有趣了！哈哈哈！」

我們看得呆住了，這個樣子漂亮，衣着優雅的「公主」，和她身邊的人，竟然是這樣的沒有同情心！

她是「冷血」的嗎？我們年紀小，已懂得「冷血」這個詞，那是從電視劇集學來的。

「公主」也發現了我們，她出奇地友善，笑容滿臉地打招呼說：「Hi，記得我嗎？」

小甜甜立即回答說：「當然記得，你是我們班的白雪公主

同學嘛⋯⋯」

「你認識那跛腳男孩嗎？」我故意問她。

「當然不，跛腳的！」「公主」努着嘴說，分明是歧視。

「如果你是那個跛腳男孩，在街上被人取笑，你會有什麼感受？」我有點憤怒地說。我雖然是小學生，但爸媽和老師常常教導我們要尊重人，尤其是需要我們幫助的人。這位小公主白雪，怎麼會這樣冷酷，難道沒有人教導她應怎樣做人的嗎？

小甜甜和愛美麗在旁點着頭。

白雪沒有說話，臉紅紅的，

淚水在眼眶打滾着⋯⋯

　「我不是這個意思，
我只是⋯⋯」只是什麼，
她也說不出來。

公主要幹什麼？

　忽然，她倏地向
着我們身後的方向跑
過去⋯⋯後面跟着那
個保姆嬸嬸，嘿，還有兩個穿黑西裝的男
子，應該是她的「保鏢」！

　難道，她因為被我們教訓，
無地自容地跑了？

又難道，她要找那個跛腳男孩出氣？

我們也立即轉身……

忽然，我們呆住了……

跛腳男孩在前面行人斑馬線要過馬路，卻在路中心跌倒了，正掙扎要爬起來，這時，行人綠燈已轉為紅燈，遠處車輛正駛近來，情況實在太危急了……

「切記要注意安全！」爸媽的叮嚀就在耳邊響起……

哎！那個白雪！只見她不假思索，衝出馬路，走向那個跛腳男孩，要扶起他，她那緊隨其後的保姆也在路中心揮動雙手，示意車輛停下，

那兩個保鏢則警覺地在一旁監察環境……

這時，車輛已經停下來，我們立即拔足衝出馬路，協助扶起跛腳男孩……一起走上行人路。

一場危險化解了，我們都臉紅紅，氣喘吁吁的……

「對不起，白雪，我錯怪了你。」我拉着白雪的手，慚愧地向她道歉，我們都眼眶濡濕了，淚水在眼眶裏打滾着……

「人和地方一樣，有美麗的一面，也有醜陋的一面。即使出身富裕人家，生活奢華，性格刁蠻嬌縱的『公主』，內裏也有一顆善良的心，如

果因為她的一些話，一些表情，一些過失，便斷定她是無可救藥的冷血孩子，豈不是另一種歧視？」

這是我們在考察報告上寫上的結語。

啊，還有，我們知道了，校門外路上兩旁，樹影婆娑，綠葉中夾着朵朵小紅花的是影樹，粗壯圓腰垂着長長根鬚的是榕樹。

最後，還有，我不該叫弟弟做「小胖子臭屁蟲跟尾狗」的。我覺得，這也是一種歧視，我對小甜甜和愛美麗説：「你們也不要叫我的弟弟做『小胖子臭屁蟲跟尾狗』了。」

切記，切記。

我對媽媽撒了謊

小甜甜的笑容消失了

「女孩三人組」——我孫小玲、小甜甜和愛美麗，每天一起坐校車上學，放學一起坐校車回家，黃昏做完了功課，便會相約在屋邨的平台見面，無論是在校車裏或平台上，都有說不完的話題，有數不盡的玩意。

今天早上坐校車，一坐下，我便出了個謎語，讓她們猜：

「一點一橫長，一撇到南洋，

二十一塊田，兩腳不尋常。猜一個字！」

「很難唄。」愛美麗今天顯得沒精打采似的。

更奇怪的是，小甜甜也忽然像換了另外一個人似的，臉上不再像平日般掛着甜甜的微笑，而是變了眉頭緊皺，異常沉默。

「喂喂，這個字今天背默的課文中有的呀，你們不可以不懂的。」

「我昨晚溫習背默，出現錯字，媽媽下令要默到全對才准去睡覺，哎，太睏了，現在一定要再睡一睡。」愛美麗說完，乾脆合上眼睛，尋夢去了。

小甜甜呢，目光呆滯，

做了石頭人。

「是個廣字。」一把聲音從後面傳來，是口水王子王子奇，他不但多嘴，也耳靈，愛聽人家說話，愛插嘴。

「我答對了吧！ 輪到我考考你，一件衣服很妥貼，藏了水果分兩截。是什麼字？」

「一件衣服很妥貼，藏了水果分兩截？ 到底是什麼字？」糟糕！我想了又想，就是想不出來，要輸給口水王子王子奇嗎？ 怎麼可以？！

坐在鄰座的愛美麗閉目睡覺，

小甜甜則乾脆把臉轉向窗外……找她們幫忙，似乎不可能了。

「喂！一件衣服很妥貼，藏了水果分兩截，這個字你也不懂？今天默書看你怎麼辦！」

是背默課文中的字？我立即將課文迅速地在腦中播放一次，真氣死人了，越是心急，便越是搜尋不到。

「我知道！我知道！ 是⋯⋯是⋯⋯」有口水王子的地方，必定有他——口水甲由黃小強！

「唔⋯⋯唔⋯⋯」咦，為什麼不說下去？我轉頭一看，王子奇正死命地捂着黃小強的嘴巴，不許他說出來。

「喂喂，玩遊戲罷了，別緊張得要弄出人命呀！」我說道，其實是在拖延時間。

「一件衣服，藏了水果，分兩截」？我嘗試將「衣」字分開上下兩部，便立即靈光一閃，我知道答案了！

「是個『裏』字！」

「唔……唔……對…… 對！」王子奇仍然捂着黃小強的嘴巴，黃小強仍然掙扎要説話，真不愧口水甲由的本色！

「孫小玲，算你本事！」王子奇鬆開了捂着黃小強嘴巴的手，黃小強紅着臉大喘着氣。

被召進教員室

中文課，大家低着頭聚精會神地默書。

「吁。」終於完成了，我有一種如釋重負的感覺。

忽然，我瞥見小甜甜對着默書簿發呆，

眼眶紅紅的噙着淚水，默書簿上一個字也沒有寫。

到底發生了什麼事，令小甜甜這樣失魂落魄？

收默書簿時，老師也發覺小甜甜不對勁，「温恬妮，下課後隨我去教員室。」

我們全班都轉過頭去，望着小甜甜，說真的，大家都替她擔心。

她交「白卷」呀，默書零蛋呀，怎能不替她擔心？

而且，她被召進教員室呀，怎能不替她擔心？

　　下課了，小甜甜跟着老師走出教室，頭垂得低低的，雙手不停地在大腿兩邊搓着校服裙，分明是緊張到極點。

　　老師一走出教室，口水王子王子奇便立即發表偉論：「去教員室見老師，只有三種情況……」

　　「一是……」口水甲由黃小強接着說。

　　「擔任糾察，特准進出教員室，通行無阻。」這是光榮，我們都很羨慕。

　　「二是……」王子奇才稍一停頓，口水甲由黃小強立即接口說。

「擔任班長，奉旨進出教員室，出入自如。」這是做班長的特權，我們都明白。

「三是……」真服了口水甲由黃小強，他永遠知道什麼時候插入。

「被召進教員室，大事不好，不是教訓，就是警告，甚至可能要見家長……」這個，王子奇和黃小強當然知道，他們一不是糾察，二不是班長，這兩個「多口雙王」，卻常常被召進教員室，當然是第三種情況，虧他們還說得那麼輕鬆！

整個小息，我和愛美麗都在教員室門前等小甜甜，默書加上小甜

60

甜的事，使愛美麗再也睏不起來了。

「多口雙王」和班中一些愛理閒事的同學，也在遠處引頸偷望。

好奇是小孩子的本性，有事發生的地方，必定有好奇心重的我們！

終於，小甜甜出來了，奇怪，她似乎感覺好多了，至少，沒有了早上的愁眉深鎖。

「小甜甜，你沒事吧？」我和愛美麗都實在為好同學好朋友擔心到不得了。

「我沒事了，只是擔心生病的媽媽，她進了醫院……」

小朋友最害怕的，就是

沒有了媽媽爸爸，難怪小甜甜這麼不開心。

「你為什麼不早告訴我們？我們還以為你在生我們的氣呢。」我說。

「是媽媽說不要讓人知道，她說免得大家擔心。」小甜甜說，她的話中充滿誠懇，我相信她。

「現在你告訴我們，不怕你媽媽不高興嗎？」愛美麗問道。

「老師說，快樂要和人分享，痛苦也可以和朋友分擔，說了出來可以舒緩不開心。老師鼓勵我告訴你們。」小甜甜說。

如果快樂不分享，痛苦不分擔，

還算是朋友嗎？！ 我和愛美麗在左右兩邊，拖着小甜甜的手，友情友愛，滿溢在大家的心中。

「今天晚上，我可以打電話給你們嗎？ 爸爸說他下班後要去醫院陪媽媽，明天他又要去外地出差，家中只有我一個，我害怕。」

糟糕！「小孩子禁打電話」，以防養成「煲電話粥」的壞習慣，影響功課，這是我家的家規！ 但我可以拒絕小甜甜嗎？她是我最好的兩個朋友之一，而她媽媽住在醫院，爸爸要出差，家中只剩下她一個人！

我說謊了

整個晚上，我的心情像十五隻吊桶一樣，七上八落。

剛做完功課，看見媽媽拿着衣服進了浴室洗澡，我立即跑去打電話給小甜甜……

忽然，浴室門開了一線縫，媽媽在裏面喊道：

「小玲，你在和誰說話？」

「噢，沒有呀。」我說謊了！還不假思索的，

64

我有沒有做錯了呢？

家中規矩是嚴禁小孩打電話的——雖然我已經九歲了！

「小玲，真高興你打電話來，家中只有我一個人，我好害怕呀！」

我盡量說些安慰小甜甜的話，說了些什麼，我都忘記了，因為我自己也害怕得很，唉，我破壞了媽媽訂下的規矩，還向媽媽撒了謊。

浴室門鎖「咔」的一聲打開了，我連忙對小甜甜說：「我媽媽出來了，不說了……」，連「拜拜」也不說，立即掛了線……

媽媽一邊用毛巾抹着頭，一邊說：「小玲，我剛才好像聽到你說話，是嗎？」

「沒⋯⋯沒有呀。」我又說謊了！難怪老師說，當人說了第一個謊言，便要用第二個謊言去掩飾。

「爸爸回來了嗎？」

媽媽伸頭向房中瞧：「咦，沒有呀。剛才是你跟誰在說話嗎？」媽媽耳朵真靈。

「我⋯⋯我在⋯⋯背書。」唉！我再次說謊了！我說了第一個謊言，要用第二個謊言去掩飾；現在我說了第二個謊言，又要再用第三個謊言去

66

掩飾。

我真的感到又害怕又討厭自己。

媽媽坐下來，一手摟着我的肩膊，一手拉着我的手，盯着我的眼睛，一直盯到我的心裏去……她一定已經看透我內心的慌張！

媽媽摟着我的肩膊，其實她已經感覺到我在顫抖。

媽媽拉着我的手，早已經接觸到我手心的汗。終於，我「哇哇」大哭起來了，我只是一個小孩子啊！

媽媽溫柔地對我說：「小玲，到底是什麼事？ 不用緊張，只要

有道理，媽媽都會接受。」

　　我將小甜甜的事一股腦統統告訴了媽媽。我將自己偷打電話，說了一個又一個謊言的事，也一口氣地告訴了媽媽。

　　我盯着牆上貼着的「不准私自打電話給同學，凡打電話要取得批准，否則重罰！」的家規字條，準備受罰。

　　媽媽說：「小玲，你忘了另一條家訓──『幫助有需要的人』嗎？」

　　「來，小玲，橫豎時間還早，你搖一通電話給恬妮，說我們來探望她。」

　　最後，媽媽還取得小甜甜爸爸

的同意，將小甜甜接到我們家中，好讓她媽媽安心養病，爸爸放心出差。

媽媽並沒有責備我壞了家中規矩。

媽媽說：「規矩是死的，親情友情最重要。」

媽媽還說：「有什麼事，坦白說出來，不要說謊，做人誠實最重要。」

媽媽最後說：「下不為例，發現再說謊，一定重重懲罰！」

這一晚，我和小甜甜同擠在一張牀上，睡得特別香。不過早上醒來，卻發覺小甜甜睡在地上，她是自己滾下牀去的？還是被我踢下去的？

單車王子怎麼啦？

口水王子的口水乾了

口水王子王子奇今天一上校車，口水甲由黃小強便向他吱吱喳喳地說個不停，他卻一改平日的俏皮多口，兩唇緊閉，不發一言，黃小強按捺不住，推了他一把，說道：「喂，王子，你的口水乾了嗎？」。

到底發生了什麼事？

其實，今天王子奇上校車，已經是動作緩慢，好像正咬緊着牙關，忍受着什麼似的，還一拐一拐地走到座位。但因為他

平日就是說話多、動作多、表情多，大家只是覺得他又在表演了，當然不以為意；加上他外表又好像跟往日沒兩樣，當然也就沒有人會想到他出了事，出了大事！

回到學校，大家魚貫下車，口水王子坐在我們後面，我們看不到他下車的情況，只是在操場上，看見他安靜地坐在一角，沒有如往日般和口水甲由黃小強追逐嬉戲……

這不是很奇怪嗎？

你流血了

「哎！你的膝蓋在流血呢！」忽然，

我們聽見黃小強指着王子奇大叫道：

「我要告訴老師去！」話聲未完，他已經像一支箭般飛奔去了。

同學們當然好奇地把王子奇圍攏起來，現在的王子，跟平日的他完全判若兩人，只見他緊抿着嘴，雙手扶着兩個膝蓋，通紅的臉上露出痛苦的表情。

不得了呀，他的一個膝蓋流着血！另一個膝蓋紅腫得像個大紅蘿蔔！

「 他一定是重重跌倒了，傷得這麼厲害！」

「你在路上被人推跌嗎？」

「你被人推下山嗎？」

「你被狗追跌倒嗎？」

「你遇上壞人，沒命逃跑時跌傷的嗎？」

大家七嘴八舌地猜測着、追問着。

「可能是飆單車摔傷的！」剛跑回來的口水甲由黃小強輕聲道。

班主任陳老師來了，看到王子奇的受傷情況，估計他沒有辦法自己走去醫療室，於是通知醫療室林姑娘下來操場。林姑娘一看，說道：

「他傷得這麼厲害，我擔心他傷口發炎，甚至有骨折，還是召救護車送他去醫院好。陳老師，請通知他的家長。」

「不要，不要通知爸媽，我不要讓他

73

們知道，我不要去醫院，我沒事的。」王子奇叫道，原本流血也不流淚的王子，現在卻緊張得連淚水也跑出來了。

我們都嚇了一跳，從來，我們只見過我們的口水王子王子奇俏皮、頑皮、賴皮、厚面皮，幾時見過他哭花了臉皮？

超級單車

同學們都知道，王子奇出身富有家庭，是他家族中的獨子獨孫，受盡爸媽爺爺嫲嫲公公婆婆無盡的寵愛。

他自小熱愛踩單車，對單車的構造、踩踏的技巧，以及比賽的規則，都瞭如指

掌。今年生日，他收到的禮物，就是一輛售價不菲的名貴的 BMX 單車，據知售價高過是人家綜援家庭一家四口一個月的援助金！

我們沒真正看過他那輛名貴 BMX，只是見過他帶回學校給同學們看的照片，照片中的他穿着頭盔，全套騎士裝束，坐在那輛 BMX 上，哇，也真氣宇軒昂，有型有款。大家都嘖嘖稱讚，男孩子們尤其羨慕不已，改口叫他做「單車王子」。

「王子，我喜歡你那螢光綠加黃色頭盔，還有網紋黑手套，很漂亮呢。」一個說。

「王子，你真威風凜凜呢。」另一個說。

「王子，幾時借你的單車給我們騎一下呢？」一個更提出要求說。

黃小強去過王子奇家，見過那輛BMX單車。

黃小強說：「王子奇那輛單車，比在照片上看到的更漂亮耀目呢！那輛BMX，車身漆黑，像黑金剛，車上那幾個BMX大字，是用不同顏色的螢光劑精心塗上的，色彩奪目，配上閃電紋彩，比那些奧運單車選手的賽車還有型！嘿嘿！那輛BMX單車，還有『齒輪傳動裝置』，即是『波』的呢，能夠上山下坡，十分好玩，如果踩

得夠快，更是十分刺激！」

想不到，平日只是口水王子王子奇配角的口水甲由黃小強，今天變了主角，說話滔滔不絕，繪影繪聲，描述細緻，口才跟口水王子王子奇不遑相讓。果然近朱者赤，名不虛傳。

那一刻，王子奇真的成為了大家的偶像，他也感到很飄飄然。於是，他也立下決心，練好單車術，待到升五年級時，便可以加入學校單車隊，參加校際比賽了，他立志要成為「車神」！他的爸媽也十分支持他發展這方面的興趣，鼓勵他對一切單車比賽的消息時加留意，哪兒舉行單車

比賽，無論在香港或是國外，只要放假，他的家人都會帶他去觀賽。

難道，他是騎單車摔倒的？

他為什麼受傷？

王子奇來自這樣寵愛滿滿的家庭，又是獨子，所以，我們大家都相信，無論他犯了什麼錯，他的家人是不會捨得苛責他的。

他是怎樣受傷的呢？

他的受傷，又是否和騎單車有關呢？

還有，他又為什麼會那麼害怕學校通知家長呢？

還有，他是什麼時候受傷的呢？

大家紛紛猜測：

「沒道理的，大清早要上學，他還哪有時間去騎單車，然後摔傷呢？」我說，並開始轉動我的偵探頭腦。

「可能是昨天放學後弄傷的吧。」愛美麗說。

「如果是昨天放學後弄傷的，他的爸媽不可能不知道，不帶他去看醫生，讓他流血流到今天！」我的分析，大家都覺得有理。

就在這時候，一陣陣刺耳的「B 嗚 B

嗚」聲自遠而近，救護車到了，車上跳下兩個救護員，一個拿着毛毯和藥箱，一個推着輪椅。香港的救護隊真厲害，早就知道該做什麼，準備得十分妥貼。

「大家讓開！」老師下令道。

這時候，王子奇已經淚流滿面，死死抓着黃小強，嚷道：「不！不！我不要上救護車！」

他是因為害怕？還是因為痛楚？

小孩子上「B嗚B嗚」救護車，也實在是一件恐怖的事，換了是我，也會大哭大鬧，抓住什麼不放手的！

王子奇還不到十歲哩！

我會死嗎？

這時候，學校門外衝進了兩個人，一男一女。

「子奇，發生了什麼事？你跟同學打架了嗎？我平日是怎樣教你的？你為什麼要和同學打架？」那女的怒氣沖沖地說。

同學們立即知道，這女的一定是王子

奇的媽媽。

唉，通常做媽媽的，一遇到孩子受傷，就會被嚇壞，只知道大聲斥罵孩子！

你的媽媽是不是也一樣？

王子奇沒有回應，只是默默流淚，而且開始全身顫抖。

他的爸爸本來也怒氣沖沖的，但看見王子奇這種情況，不忍心再責罵，上前摟着王子奇，輕輕拍他的肩膊，對他説：「孩子，不用怕，到醫院檢查傷勢再説。」

驚天大秘密

救護車上，王子奇説出了驚天大秘密！

他發生的事，沒有人想得到！

沒有人想到，他會發生這樣的事！

救護車上，王子奇告訴他爸媽：

「今天上學，我心急過對面馬路等校車，沒看清楚路面情況，被一輛的士撞倒了。」

「Marian 沒送你去坐校車嗎？你怎麼會自己過馬路？」做媽媽的就只想追問原因。

「有，她在低頭看手機，我看見路口有輛校巴轉彎，以為是自己的校車，一時心急，沒看清楚，衝出了馬路，然後就撞到車頭⋯⋯」

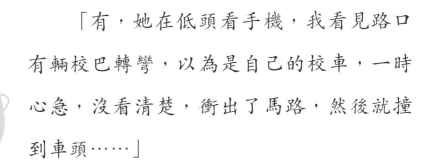

這下子，救護車上的救護員急了，要求王子奇詳細描述一下被撞倒的情況。

「這是三級創傷！」聽完王子奇的敍述，救護員立即一邊打電話通知醫院急症室準備詳細檢查，一邊將王子奇平放在躺牀上，用支架固定他的頸部，吩咐他説：「躺着，不可移動。」

王子奇更加害怕了，他對爸媽説：

「我會死嗎？我會變殭屍嗎？」

他的媽媽被他一問，眼淚簌簌而下⋯⋯

其實，王子奇害怕，他的爸媽更加害怕⋯⋯

當然，去到醫院，王子奇被推去這個室那個室，全身掃描、摸頭臚、翻眼皮、敲骨頭，檢查這檢查那，王子奇被弄得疲倦不堪，最後沉沉睡去。

　　十多個小時後，他睡醒了，第一句說的話就是：

「我是不是死了？」

惹得圍在牀邊的爸爸媽媽爺爺嫲嫲公公婆婆姨媽姑姐等等全部人都笑起來。

王子復活記

王子奇受傷和住醫院的故事，是他後來在一篇作文中講述的，他的文章被張貼在壁報版上，同學們都看得津津有味，連鄰班的同學和高年級的學長們，都跑到我們的課室來讀一番。

原來，口水王子不但口才好，他用筆寫故事也很棒呢！

最令我、愛美麗、小甜甜「少女三人

組」敬佩的是，口水王子王子奇遭逢被車撞的大不幸，出院後便立即回到學校上課，「死性不改」，口水復活。看，小息時，他又和黃小強又大噴「口水」了，「口水」灑得我的書簿「點點滴滴」！

「王子奇，你的口水……」我的話還未說完，他已經說道：「嘻嘻，對不起，要我替你抹去，還是讓它自然乾……」

氣得我要揍他！

第二天，他卻送了我一包印有精美的單車圖案的紙巾，上面有一張貼紙，寫着：「代昨天的口水道歉。」

哎呀，王子奇，你的「口水」是天天

噴，不是昨天才噴的！

　　無論如何，他的勇敢樂觀，開朗愛笑，喜歡逗人開心，繼續追求他單車王子夢的決心和勇氣，使他成為一個更受大家喜愛的「真正王子」！

班長競選風雲錄

壞蛋班長

班主任陳老師宣布：同學相處已經三年了，一起長大，互相了解，所以學校決定不再由班主任老師委任班長，而是由班中同學提名男班長和女班長候選人，由候選人發表競選演辭，然後大家投票，選出一名男班長和一名女班長。

從來，小學各級的班長，都是由班主任決定的，她手一指誰，誰就當上班長，一學年到底，也不用替換，我們這

些不是特別乖、成績又不是特別好的學生，從來都不用發做班長的夢！例外的是去年下學期，班中一個超級頑皮，老愛生事，常和同學吵架，甚至動手打人的絕版「壞蛋」呂仁，卻出乎意料之外地，被老師任命為班長！據說老師希望給他一個機會，讓他為同學服務，提升他的自尊心和自信心，希望因此而改變他的行為和性格。

這個呂仁，是個男同學，他的爸媽給了他一個本來不錯的名字——「仁」，希望他品德高尚，有仁愛之心，但他的爸媽卻忘記了家族姓「呂」，加個「仁」字，不被人取笑他是「女人」、「女人」才怪，

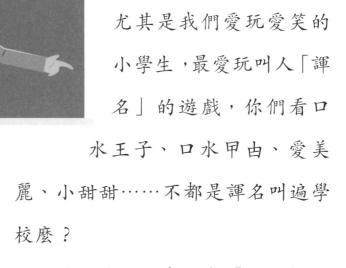

尤其是我們愛玩愛笑的小學生，最愛玩叫人「諢名」的遊戲，你們看口水王子、口水甲由、愛美麗、小甜甜……不都是諢名叫遍學校麼？

咦，為什麼我沒有「諢名」？

哈，還是再談談呂仁吧。

就在陳老師宣布任命他做班長的一刻，我們全班都轟動了，噓聲四起，有人甚至小聲說：「做盡壞事就可以做班長，早知道這樣，我也做壞蛋哩！」

說話的人叫吳明白，也是被我們取笑

的人，諢名就叫「唔明白」，每天都要被老師叫幾十次。我還記得一年級時，老師一說「明白嗎？」他便以為老師叫他，立刻站起來，惹得全班哄笑起來。

哎，還是再談談呂仁吧。

說也奇怪，自從他做了班長後，他的超級頑皮生事，和同學吵架打架的絕版「壞蛋」行為，真的有所改善了！ 他雖然仍然愛頑皮追逐，做些搗蛋破壞的小勾當，但他會忽然像被按鈕般停止

腳步，站立原地抓頭咧嘴，自顧自傻笑起來；他仍然和同學吵架，但把同學的書呀、簿呀、文具呀擲到地上的壞事，再沒做過；至於動手打人嘛，就再沒有發生過。

大家都很歡迎呂仁的改變，不過，許多同學卻覺得，選一個「壞蛋」做班長，怎樣說也不能服眾！

但用一個乖得不得了的模範生做班長，能管得呂仁這類「壞蛋」和其他頑皮多口如口水甲由黃小強等的人嗎？

誰想做班長？

選班長，可見不是一件簡單的事。

班長競選日期，訂在兩個星期之後，在這期間，同學們可以想想誰是合適人選，有意競逐班長職位的也可以作好準備，例如構思自己的競選演辭，想想自己有什麼優點，吸引同學投自己一票，還可以組成助選團，幫自己拉票哩。

立即，呂仁表示有興趣，遊說同學投他一票。

我們「少女三人組」，可以有一個出來競逐女班長嗎？

愛美麗說她只想美麗漂亮，做班長要做很多粗重工作，搬書抬簿，她沒興趣。

小甜甜表示她也想做班長，但我覺得

她太温柔嬌弱，管不了頑皮的同學，不過即使是好朋友，這些意見我也不敢說出來，以免傷了她的心。既然她想嘗試，我便答應提名她，但她要多取得五個支持提名的簽名。

男同學方面，口水甲由黃小強揚言要提名他的偶像口水王子王子奇。王子奇自從遭遇被車撞傷的意外，在醫院觀察和治療了兩天後，便出院回到學校復課了，他仍然是出事前那位開朗愛笑，勇敢樂觀，頑皮中懂得保持禮貌，很能逗人開心，很得同學歡心和歡迎的「王子」，尤其是他寫的有關住院故事的文章，寫得那

麼細緻真實，被張貼在壁報版上，令同學們都看得津津有味，更吸引了鄰班的同學和高年級學長的閱讀，使我們班在學校中聲名大噪，他簡直是大家的偶像。

我、愛美麗、小甜甜「少女三人組」愈發打從心裏敬佩他，很支持他做男班長。我們相信，這樣的一個「人氣王子」，一定會取得足夠的提名簽名，而且，他有魔法咒語，一定會是一個好班長。

投票前的連串怪事

就在正式投票前的兩個星期，學校發生了連串怪事。

先是看見王子奇的媽媽在小息時來到學校，和陳老師在接待室談了許久，我們覺得這不算什麼奇怪，王子剛出院，或者有什麼特別情況，需要家長向學校交代，要求學校注意吧。

　　奇就奇在兩天後，我們又看見吳明白的爸媽，拿着大袋小袋的，要求見陳老師。事後，陳老師當然沒告訴我們家長說什麼，但卻對全班說了以下一番「溫馨提示」：

　　「請大家轉告家長，不要破費給學校送來禮物，也不必因選班長的事來見老師，這是學生自己的民主選舉，今次，無論選出誰，老師都不會干預，但先提

醒你們，大家要慎重考慮，小心選擇。」

不過，陳老師沒有再強調的是，選出來的班長，如果表現不夠好，隨時會被「革職」的。聽說，這就是所謂「問責制」，當選人要為自己的表現負責。

過了兩天，陳老師又對全班說了以下一番「溫馨提示」：

「請大家轉告家長，不要再因選班長的事寫信或發電郵給老師了，學校不會因家長的來訪和來信或來電郵而左右班長選舉結果的。」

到底是哪些同學的家長，想子女做班長想到瘋了，做出這些出位小動作？

「做家長的要相信子女，也要相信學校和老師。」我是這樣想的。而且，大人們不是常教小孩子，無論得與失，都要坦然接受，得固然高興，失也無所謂嗎？現在，他們為了區區一個班長職位，便這樣緊張了？怎麼說一套做一套呢？

我們都想知道，到底是誰的家長如此緊張。

不會是我孫小玲的媽媽吧？ Oh，No！

如果我媽媽這樣做，那可是很丟臉的事呢！

在這兩個星期裏，我們班中每個人都表現得特別乖，上課安靜，對人有禮

貌，樂於助人，功課整潔，還準時繳交……原來，當小孩子心中有個目標想要達到時，是可以立即變好的！

距離投票三天，候選人名單交出來了。

女班長候選人：孫小玲、温恬妮、金晶——那位全班考第一名的女同學，前兩年都是她做班長的。

男班長候選人：王子奇、呂仁、吳明白。

這一天，呂仁興高采烈地向大家派巧克力糖，說是他媽媽多謝大家支持，使他成功地做了男班長候選人。

第二天，吳明白也帶來牛油曲奇餅，分派給同學們，說是他媽媽親手做的，請

大家支持。

投票的前一天，金晶送了部分說會投票給她的同學一人一支漂亮的鉛筆，是 Frozen Queen，女孩最愛。

選誰做班長

他們的舉動意味着什麼，我們心中明白——

雖然我們年紀還小。

投票的那一天，在上學途中，小甜甜告訴我她媽媽想她當上班長，作為她病中的禮物。我聽後心中一沉，我也想做班長，但是，我應該禮讓嗎？

校車上，我聽見黃小強問王子奇：「王子，今天投票了，你猜自己可會當選？」

我豎起耳朵聽：「……」王子奇好像沒有答話。

班主任課，氣氛緊張，尤其是金晶，緊張得繃緊了臉。

男班長候選人倒沒有什麼，只是一本正經起來。

候選人發表競選演辭，哈，各出奇謀來了！

首先是男生出場。

呂仁說：「我自己以前是『很壞很壞的蛋』，是因為家中沒有人尊重我，但自從我做了班長之後，爸媽便對我另眼相看，使我有動力去努力改進，請大家繼續給我機會。如果我今次做不了班長，我媽媽會對付我，求求大家幫忙。」

得人尊重，建立自尊自信，是小孩子成長需要的，我們也有點被他感動。

吳明白則說：「我爸媽很想我做班長，因為這是很光榮的事，可以在親友

間炫耀，為環境並不富裕的家爭光。如果今次我輸了，我的人生將會很悲慘！」

這麼誇張？不過，人性愛鋤強扶弱，大人也常說給來自下層的孩子一個向上流的機會，相信同情吳明白的同學會將一票給他吧 。

到口水王子王子奇了，他只說了幾句話：「對不起，上次被車撞受傷入院，讓同學們擔心了，多謝大家的關心，如果大家認為我是恰當人選，就請投我一票，讓我為同學和學校服務，以報答同學和老師對我的關心。謝謝。」

今次說話，口水王子口水不多，幾個

魔法咒語，使他說的話顯得誠懇動人，他一說完，掌聲雷動，同學們的心，不問而知。

接着是女生發言。

金晶第一個出場，細說着自己的本事，成績怎樣好，拿過什麼獎等，她說由全班考第一名的同學出任班長，是理所當然的事，前兩年都是她做班長的，她都表現良好。

她是大家欽敬不已的偶像，繼續讓她做班長，也是順理成章的。

然後是溫恬妮小甜甜，她雙眼噙淚，怯怯地告訴同學們：「各位同學，我想

做班長，是因為我覺得自己性格太嬌弱怕事了，做班長可以鍛煉我的大膽和做事能力；最重要的是，我想讓病榻上的媽媽為我驕傲高興，助她早日康復，請大家給我一個機會安慰媽媽。」

小甜甜樣子和聲音都甜美，說話溫婉得體，表現得楚楚可憐，很得人好感，立即已經有男生說要選她。

輪到我孫小玲發言了，我本來預備了講辭，說什麼班長的責任及承諾盡力為大家服務之類，但聽完小甜甜一番話後，我想也不想，說道：

「請大家投票給溫恬妮吧，她的媽媽

生病住院，你的一票可以燃起她媽媽歡喜的心，令她早日康復，還溫恬妮一個完整快樂的家。」

說完，我坐下來，低下了頭，因為，淚水已經不受控制地湧出來。

雙手拱讓，不戰而退，我做得對嗎？

我太失禮了，竟然在全班同學面前，在班長競選大會上哭起來！

我哭，我知道，不是不忿要讓出班長，而是不想好朋友沒了媽媽！

失去媽媽，對小朋友來說，是一件多麼殘忍、殘酷的事！

我也害怕自己失去媽媽！

投票結果出來了，你們說呢，同學最後選了哪個男班長，哪個女班長？

選舉後一章

大家殷切期待的投票結果出來了——

王子奇高票當選了男班長，溫恬妮當選了女班長。

王子奇沒有用物質賄賂手法，不派糖果，不派曲奇，也沒有承諾給投票人任何好處，但他以積極正派，風趣好玩，誠懇禮貌，魔法咒語，贏取了同學的歡心，投給他心悅誠服的神聖一票。

溫恬妮沒有卓越成績，平日也不是

班長競選

班中的風雲人物，但是她對媽媽的愛，感動了同學們，大家投給她溫柔同情的愛心一票。

我做不了班長，有沒有失望？

不要傻了，當然不會啦！

正如媽媽說：人生漫漫長，不在這一年半載，只要我有志氣，有規劃，能努力，肯堅持，我可以做到任何大事，何況只是做班長？

明年，或者後年吧，我一定可以當選班長的。

今次選舉，可算是最好的結果了。

為什麼？

我做不成班長，卻幫助了好朋友，贏取了友誼，也贏取了同學們的敬重，老師的欣賞，我，輸得十分願意，十分開心。

弟弟吃鼻屎？

臭屁蟲弟弟

　　我的弟弟小雄，因為貪吃又懶做運動，把自己變成長得胖嘟嘟的小胖子，諢名「肥仔熊」，他還老愛放既響且臭的屁，使我忍受不了，所以，有一段時間，我乾脆叫他做「臭屁蟲」。

　　他呀，可並不介意，沒有發怒，也沒有惱我，仍舊笑嘻嘻地做人，樂呼呼地過活，繼續整天放他那些好響、好臭的屁。

　　噢！聽！「砵、砵、砵！」又來了！

哎呀！小雄和我同校，讀一年級，整間學校，都知道我有一個專放響臭屁的小胖子弟弟！

有些多事鬼還叫我「臭屁蟲姊姊」。

我被他害苦了！作為他的姊姊，真的沒面子吧！

每次看到他這樣子，我心中便會嘀咕：「真羞家！」

不過，自從上次他在學校被大個子欺凌，搶去零食之後，便一反常態，放學後不再吃他最愛的卜卜脆芝味薯條薯片；還在做好功課後到平台練跑；而且，更自動自覺要去上網球課，練習跑步和打球，居

然堅持了好幾個星期。他越跑越快了，奇跡地肚腩變小，手腳胖肉消失了，也不常放屁了，漸漸地，人們也不再叫他「肥仔熊」和「臭屁蟲」的諢名了。

最令我感動的是，幾個月前，他生日的那一天，一家人陪他去買生日蛋糕，在電車上遇到一個和他同年同月同日生日的小女孩，知道她出生以來，從沒試過慶祝生日，擁有自己的生日蛋糕後，他便毫不猶疑地要將自己千挑萬選的「快樂城堡生日蛋糕」送給她！

他的慷慨，表現的愛心，贏得了全家人的欣賞，我對他徹底地改觀，我對

自己說：「小雄是我的好弟弟，我要全心全意地愛護他、愛惜他，以後不再叫他『小胖子跟尾狗臭屁蟲』了」。

只是，自從被我發現他幹的這件「骯髒事」時，我對他又改觀了。

弟弟的骯髒事

有一天，放學後回家，吃過茶點後，我倆便坐在飯桌上做功課。

「吁！終於做完了！」我心裏想，抬頭正要叫弟弟快點做好功課，一起到平台上去玩，一抬眼，嚇得我叫起來：

「哇！你這是做什麼呀？」

只見弟弟右手在寫字，左手食指卻塞近鼻孔，不停地挖呀挖……挖出一粒黑東西，倏的放進口中，喉頭肌肉一動，「骨碌」吞下了……

　　「天呀！小雄，你在吃『鼻屎』！」我大叫起來。

弟弟小雄七歲了，讀一年級，又不是幼稚園小BB，沒理由不知道什麼是「鼻屎」吧？！

　　太嘔心了！比他以前放的「響臭屁」更令人覺得嘔心！

　　「小雄，鼻屎就是『鼻垢』，是乾了的鼻涕，有菌的，你怎能吃鼻屎呢？！」我說。

　　「幼稚園已經教曉你個人衞生，你一向沒有這種骯髒行為，現在升了小學，為什麼變得這樣邋遢呢？」我說，做姐姐的當然可以教訓他，甚至罵他。

　　「姐姐，你不知道，『鼻屎』是可以

吃的嗎？」

「What！鼻屎可以吃！誰教你的？」
我被嚇了一跳，誰會教小孩子吃「鼻屎」
呢？

在家？沒可能。

在學校？會是誰呢？

我在腦中搜索他的好同學，沒有誰是
髒傢伙。

在電視上嗎？

媽媽嚴格禁止我們亂看電視，看電視
時都是和爸媽或最少有媽媽一起看，應該
不是從電視節目中學到的。

「快說，你是從哪兒學會吃鼻屎

的？」我追問道。

「是班中毛禮文請我吃『鼻屎』的。」

我的天！

我的弟弟不但吃自己的「鼻屎」！還有人請他吃「鼻屎」！

或者，他也請人家吃他的鼻屎！

「你也請毛禮文吃你的鼻屎嗎？」我心急極了。

「好失敗，我沒有『鼻屎』。」

還說沒有？ 他剛才不是讓我看見挖鼻孔，挖「鼻屎」吃嗎？

他分明在說謊！

「你說謊，我剛才分明看見你吃鼻

屎！」我生氣極了。

媽媽，你不相信我嗎？

和他有理說不清，我唯有搖了通電話給正在上班的媽媽。

電話那邊的媽媽也說不可置信，家中平日管教良好，她相信弟弟這樣，其中一定另有故事。

會有什麼故事？

難道媽媽以為我在編故事？

我告訴媽媽，也是為弟弟好呀，難道我會誣告他？

「小玲，我當然相信你，不要心急，

凡事不要太早下判斷，待我回來，大家再研究。」

我還是有點不開心，我不想弟弟變了一條「鼻屎蟲」，傳開去，我又要讓同學取笑做「鼻屎蟲姊姊」了！

黃昏，媽媽提早下班回家，我家媽媽就有這個本事，只要知道我和弟弟有什麼事，無論大事小事，她都會在適當的時候出現。

媽媽一進門，我便用期待的眼光望着媽媽，我要看她怎樣好好地教訓弟弟！

媽媽卻什麼也沒說，只是露出一貫溫柔的微笑，對我和弟弟說：「來，把鞋穿

上，我們去逛超級市場。」

媽媽為什麼不立即教訓弟弟？

她容許弟弟做「鼻屎蟲」嗎？

我可不願意做「鼻屎蟲姊姊」呢！

狡辯小狐狸

通常去超級市場，媽媽都准許我和弟弟選購自己喜愛的零食，所以去超級市場是一件開心的事，穿插在貨品琳琅滿目的貨格中，我也暫時忘記「鼻屎蟲姊姊」的恥辱了。

「媽媽，我要這個——『鼻屎』！」

我正在選自己喜愛的餅乾，躊躇着選

買哪一款，忽然聽見弟弟興奮地叫道：「媽媽，我要這個『鼻屎』！」像發現新大陸般高興。

What！超級市場有「鼻屎」賣？

我丟下手中的餅乾，跑去看箇究竟。

只見一個用膠紙封着的紙盒內，有6個小小的圓形小膠瓶，裏面是一粒粒黑色的東西。哎，看上去，真的像一粒粒骯髒的「鼻屎」！

「這是什麼？」我心急想知道。

「這是媽媽小時候很喜歡的零食，小小的、甜甜的、鹹鹹的、酸酸的，味道很特別，它的正確名字叫『陳皮粒』，俗稱『鼻屎』。」

真的有種零食叫「鼻屎」？！媽媽小時也是吃「鼻屎」零食的？！

我嚇傻了眼！瞪着弟弟，問道：「到底毛禮文請你吃什麼？是這些還是他自己的真鼻屎？」

「就是這些。」弟弟圓圓的、緋紅的臉蛋上掛着傻傻的笑，一臉憨態。

「我明明看見你插手指入鼻孔挖出鼻

屎放進口裏吃！」

「小雄，你有做到，姐姐沒有看錯，是吧？」

「是嗎？我忘記了。」小雄狡辯說。

「媽媽，你說小時吃『鼻屎』，我跟你一樣，嘻嘻！」弟弟前言不對後語，小狐狸終於露出了尾巴！

真假鼻屎

「傻孩子，媽媽小時候吃的零食『鼻屎』，其實是用鹹陳皮製成的。只因為它細細粒，有點像從鼻孔挖出來的鼻垢，才被叫做『鼻屎』，絕不是鼻孔裏的髒東

西。」媽媽說，「而且把手指插入鼻孔去挖東西，已經十分難看，更何況是將骯髒的『鼻屎』放入嘴裏吃，多駭人呢！」

「媽媽，我知道了，原來這個『鼻屎』，不是那個『鼻屎』；這個『鼻屎』可以吃，那個『鼻屎』不可以吃，我可以做『鼻屎專家』了。」弟弟說。

「分不出真假鼻屎，還說做『鼻屎專家』？哼！」我實在佩服他的厚面皮。

「雖然你年紀小，分不出真假鼻屎，但始終做錯了事，令姐姐擔心，你應該怎樣做？」

「道歉囉。」弟弟撓着頭，很勉強地說。

「那便說吧。」媽媽說。

「對不起囉。」弟弟低下頭壓住嗓子很小聲呢喃般道歉。算了吧，我自己也有不對的地方。

「我未弄清楚事情的真相，便去責怪你，叫你鼻屎蟲，還向媽媽告狀，對不起哦。」我拉着弟弟的手，誠懇地道歉。

「做錯了事肯面對、道歉，實在是很勇敢的行為，我為你倆感到驕傲。」媽媽摟着我和弟弟的肩膊，很高興地說，我也感受到誤會冰釋的快樂。

「奇怪的是我長到九歲了，怎麼從未看過這種叫『鼻屎』的零食？」我問媽媽道。

「是的，許多傳統的東西已經逐漸消失了。這星期，超級市場正做着『傳統零食介紹周』，你們才看到這麼多傳統的零食，看，白兔糖、叮噹花生糖、芝麻糖、白糖糕、扭麻花……」媽媽為我倆逐一介紹。

「還有『鼻屎』……」弟弟急不及待補充說。

一場「鼻屎蟲」風波，化作了傳統文化的學習，我的媽媽實在了不起！

「姐姐，我請你吃『鼻屎』。」弟弟說，完全不在乎曾經被我責罵過。

「好呀，『鼻屎』原來也好味道！噢，這粒『大鼻屎』，給我。」我興高采烈地說。

作家分享・我想對你說

　　《口水王子的魔法咒語》之後，再為小朋友寫故事，寫這本《單車王子怎麼啦？》，故事怎會停得了？！

　　這一本《單車王子怎麼啦？》故事集，和上一本《口水王子的魔法咒語》一樣，一共收錄了六個有趣的成長故事，主要的故事人物沒有改變，他們跟你們一起成長，一起蛻變，讀着他們，使人有一種重遇老朋友的快樂。

　　書中的六個故事，圍繞的是「要做一個怎樣的人」的主題，引導正在成長的你們去發掘人性的真美善，建立做人的正確價值觀和應有的品格。只有這樣，你們才能走上成長的正途，做一個有智有勇有仁愛的人，迎接幸福美好的人生。

　　一個有愛心的人，不但愛他的家人、朋友，也會愛護小動物，《小鴿子到我家》說的就是小玲小雄的家窗前，忽然飛來一隻受重傷的小鴿子，收留不收留？ 救治不救治？ 故事就在小孩子和大人之間的矛盾展開了，交織着的那種親情與動物之情、那種柔弱與勇毅，那種捨與不捨，叫我深深受到感動……

　　公主嬌生慣養，刁蠻嬌縱，不懂世情，是否就是壞孩子，一無可取？《當公主遇上跛腳男孩》說的正是我們看人要小心，不能單就別人的一些話，某些表情，曾做過的一些事，便貿然斷定別人是好是壞。

你曾經撒過謊嗎？為了掩飾犯過的錯誤？為了保守和朋友之間的一些秘密？欺騙了別人、爸媽，甚至自己？《我對媽媽撒了謊》故事中的小玲發覺向媽媽講了第一個謊言之後，便要用第二個謊言去掩飾；說了第二個謊言，又被迫再用第三個謊言去掩飾，原來，說謊其實是很使人感到痛苦的。

　　班中的風雲人物口水王子王子奇，最大的夢想是要做單車王子，有一天回校，卻被發覺膝蓋離奇地紅腫流血，校方決定將他送去醫院，他誓死不從。到底他為什麼受傷？ 又為什麼懇求學校不要通知家長？他出院後還有勇氣繼續追求他的單車夢嗎？《單車王子怎麼啦？》是一個有關追求夢想的勇氣故事。

　　做班長多威風，有權管同學，有權自由進出教員室，許多小朋友都想做班長，而做爸媽的，更會想盡辦法讓子女當上班長，於是出盡法寶討好老師和同學，《班長競選風雲錄》正是投票選舉的小孩醜聞版。

　　什麼不可以吃，弟弟竟然要吃鼻屎？老惹人發嚎的弟弟小雄今次鬧的不是臭屁蟲放屁的笑話了，而是噁心的吃鼻屎勾當，投訴揭發之後，姊姊竟然發現表面事實中存有誤會；了解深究之下，又發現誤會中蘊藏文化！ 這是怎麼的一回事？

———孫慧玲

133

仔細讀，認真想

看完本書之後，你心裏會有什麼感想或收穫呢？你有遇到過書中人物遭遇的問題嗎？你會怎樣解決？請想一想！

1、你是一個愛護動物的人嗎？人類為什麼要愛護動物呢？如果你遇到動物受傷了，你會怎樣做？

2、還記得你第一次自己上學或放學的情況嗎？請和大家分享你當時的經歷和感受。

3、你撒過謊嗎？如果沒有，你怎樣看待說謊這種行為？如果有，你又為什麼要這樣做呢？難道你有苦衷嗎？說說看。

4、王子奇發生了什麼事？他出事前和出事後的表現有什麼不同？

5、試着分析和討論 6 個班長候選人中，是誰用了不正當的手法去拉票？

6、除了俗稱「鼻屎」的「陳皮粒」，中國還有哪些小孩愛吃的傳統零食？你呢？你最愛吃的零食是什麼？

勤思考，學寫作

　　小朋友，我們可以從作品中學習作者的寫作技巧——包括詞語的準確應用，修辭手法，人物肖像及動作、細節的描寫等，這些都有助於提升你的寫作能力喲！快來看一看，學一學吧！

1、詞語賞讀

　　例子一：虎視眈眈——像老虎要捕食那樣注視着。形容貪婪地盯着，隨時準備掠奪。

　　書中例句：那隻有一雙如鷹的眼睛，展開長翅膀，在空中遊弋飛行，虎視眈眈，搜尋獵物的傢伙，牠呀，就叫「游隼」，是飛行速度冠絕全球的「空中霸王」。（《小鴿子到我家》）

　　賞讀：用一個形象而生動的詞語，將游隼的兇猛特質展露出來。

　　例子二：一年半載—— 一年半年，泛指一段時間。

　　書中例句：正如媽媽說：人生漫漫長，不在這一年半載，只要我有志氣，有規劃，能努力，肯堅持，我可以做到任何大事，何況只是做班長？（《班長競選風雲錄》）

賞讀：這裏用一個時間泛指的詞語，不僅與「漫漫長」形成對比，更展示人物的決心。

2、句子賞讀

例子一：忽然，迎面來了一張熟悉的臉孔——瓜子臉，臉上綴上大眼睛高鼻子小嘴巴，眼大鼻高嘴小的美人兒。她穿着長度過膝的裙子——多層多褶粉紅色，白色領子上綑上花邊，腰上打一個粉紫色緞帶蝴蝶結，烏黑亮麗的秀髮長及腰際，戴上彩色但不庸俗的蝴蝶頭飾。噢！是多少小女孩夢寐以求的公主服飾呢！（《當公主遇上跛腳男孩》）

賞讀：寫美麗的公主同學，作者用了先主後次的描述手法，先寫她的臉和五官，然後是她的裙子，最後是她的頭飾，簡潔而形象地描繪了一個小公主的形象。

例子二：「哇！你這是做什麼呀？」只見他右手在寫字，左手食指卻塞近鼻孔，不停地挖呀挖……挖出一粒黑東西，倏的放進口中，喉頭肌肉一動，「骨碌」吞下了……

賞讀：寫弟弟小雄吃鼻屎的情況，由挖鼻孔，到放進口中，然後「骨碌」吞下的一連串動作，活靈活現，生動有趣。（《弟弟吃鼻屎？》）